賽門‧詹姆斯是一位童書作家與插畫家，作品曾獲許多獎項肯定，並經常在英國和美國的學校與文學活動中擔任講者。他的作品包括《青蛙和河狸》、《小護士蕾蕾》、《Rex》、《George Flies South》、《Dear Greenpeace》、《Leon and Bob》、《Sally and the Limpet》，以及暢銷的《天才寶寶》系列書等。賽門喜歡用蘸水筆作畫，並用水彩上色。如果你想更加了解賽門‧詹姆斯與他的作品，歡迎光臨 www.simonjamesbooks.com。

獻給蘿拉還有艾蜜莉，並致上我的感謝。

© 　來自火星的男孩

文　　圖	賽門‧詹姆斯
譯　　者	黃筱茵
發 行 人	劉振強
發 行 所	三民書局股份有限公司
	地址　臺北市復興北路386號
	電話　(02)25006600
	郵撥帳號　0009998-5
門 市 部	(復北店) 臺北市復興北路386號
	(重南店) 臺北市重慶南路一段61號
出版日期	初版二刷　2019年10月
編　　號	S 858591

行政院新聞局登記證局版臺業字第○二○○號

有著作權‧不准侵害

ISBN　978-957-14-6464-0　(精裝)

http://www.sanmin.com.tw　三民網路書店
※本書如有缺頁、破損或裝訂錯誤，請寄回本公司更換。

賽門‧詹姆斯／文圖　　黃筱茵／譯

來自火星的男孩

在媽媽得出門的那一天，
史丹利決定離開地球。
「我只是去工作──明天就回來。」媽媽說，
「要乖乖聽爸爸的話唷。」

「你不跟媽媽揮揮手說再見嗎？」爸爸說。

可是史丹利一動也不動。

史丹利跑到花園，爬進他的太空船，把太空船發射到外太空……

前往火星。

不久後，太空船回到地球，降落在史丹利家的花園裡。

一個小小的火星人爬了出來。

「哈囉，史丹利，」威爾說，「你為什麼戴著那頂好笑的帽子？」

「我不是史丹利。我是火星人。」火星人說。

「嗯，你看起來跟我弟弟史丹利一模一樣。」
威爾説。

「欸，我才不是。」火星人堅持。
「我是來探索你們的穩明。
帶我去見你們的指揮官。」

穩明：文明的火星腔。

「爸！」威爾說，「我在花園裡發現一個火星人！」

「哈囉，火星人，」爸爸說，
「你正好趕上晚餐時間。
你要不要洗洗手？」

「我想你應該明白火星人
是不洗手的。」火星人說。
「噢。」爸爸說。

火星人覺得晚餐不怎麼樣。

「火星人不喜歡地球食物，」他說，

「我們才不吃石頭。」

「那不是石頭，」爸爸說，「那是帶皮烤馬鈴薯。」

爸爸幫火星人把原本的布丁換成冰淇淋。

「這還差不多。」火星人說。

晚餐結束，火星人幫忙清理餐桌。

「該上床睡覺囉，」爸爸說，「明天還要上學。」

「我想你應該明白火星人不必睡覺。」火星人說。

「我想你應該明白火星人在地球必須睡覺。」爸爸說。

威爾正在浴室裡刷牙，準備上床睡覺。

「我猜火星人應該不需要刷牙。」威爾說。

「說得對。」火星人說，「而且我們也不必洗澡。」

那天晚上，火星人睡在史丹利床上。

爸爸上樓幫他蓋好被子。

「火星人每天都戴著頭盔睡覺嗎？」爸爸問。

「向來如此。」火星人說。

「那就晚安囉。」爸爸嘆了一口氣說。

第二天，在學校裡，

火星人遇見史丹利最好的朋友賈許。

「你才不是火星人。」賈許説。

「我是！」火星人説。

「才不是，」賈許説，「你是史丹利！」

「不是！」火星人説。

「你就是！」賈許堅持。

火星人很不開心。

他推了賈許一把！

賈許大哭起來，

跑去告訴老師。

向賈許道歉以後，

火星人整個早上都坐在校長辦公室外，

反省自己的行為。

「宇宙校長告訴我今天發生的事情了。」

爸爸在從學校回家的路上說。

火星人沒有說話。

「不曉得媽媽今天晚上回家的時候會怎麼想。」爸爸說。

當天晚上，
威爾和火星人聽見前門打開的聲音
就立刻衝下樓。

「媽媽！」威爾説，「我們很想你！」

「我也很想念你們，」媽媽説，「你們做了些什麼呢？」

「這個嘛，有個火星人來跟我們一起住唷。」威爾說，

「快看，他在這裡！」

「你好呀。」媽媽説，

「你是乖乖的小火星人嗎？」

小火星人僵住了。他不曉得該怎麼回答。

突然，他轉身就跑。

他跑到花園，爬進他的太空船，

把太空船發射到外太空……

回去火星。

不久，太空船再度降落在地球。

一個叫做史丹利的
地球男孩往外張望。

他跑上階梯，
進去廚房。

「媽媽，我剛從火星回來！你一定不敢相信！」史丹利說，

「他們從來不洗澡，也不吃蔬菜。而且他們總是在學校惹麻煩！」

「嗯，我很高興你回來了，」媽媽說，「我很想你！」

「我也是。」史丹利說，「我也很想你。」

The End